KB005579

말랑말랑한 힘

말랑말랑한 힘

함민복 시집

문학세계사

달밤
눈 밟는 소리는
내가 아닌
내 그림자가 내는 발자국 소리 같다

내 마음이 아닌
내 시의 마음이 활자로 돋아날 날
멀어
여기 짐을 덜어 놓는다

함민복

2 그림자

3 죄

4 뻘

1

길

나를 위로하며

삐뚤삐뚤
날면서도
꽃송이 찾아 앉는
나비를 보아라

마음아

감나무

참 늙어 보인다
하늘 길을 가면서도 무슨 생각 그리 많았던지
함부로 곧게 뻗어 올린 가지 하나 없다
멈칫멈칫 구불구불
태양에 대한 치열한 사유에 온몸이 부르터
늙수그레하나 열매는 애초부터 단단하다
떫다
풋생각을 남에게 건네지 않으려는 마음 다짐
독하게, 꽃을, 땡감을, 떨구며
지나는 바람에 허튼 말 내지 않고
아니다 싶은 가지는 툭 분질러 버린다
단호한 결단으로 가지를 다스려
영혼이 가벼운 새들마저 둥지를 틀지 못하고
앉아 깃을 쪼며 미련 떨치는 법을 배운다
보라
가을 머리에 인 밝은 열매들
늙은 몸뚱이로 어찌 그리 예쁜 열매를 매다는지
그뿐

눈바람 치면 다시 알몸으로
죽어 버린 듯 묵묵부답 동안거에 든다

호 박

호박 한 덩이 머리맡에 두고 바라다보면
방은 추워도 마음은 따뜻했네
최선을 다해 딴딴해진 호박
속 가득 차 있을 씨앗
가족사진 한 장 찍어 본 적 없어
호박네 마을 벌소리 붕붕
후드득 빗소리 들려
품으로 호박을 꼬옥 안아 본 밤
호박은 방안 가득 넝쿨을 뻗고
코끼리 귀만한 잎사귀 꺼끌꺼끌
호박 한 덩이 속에 든 호박들
그새 한 마을 이루더니

봄이라고 호박이 썩네
흰곰팡이 피우며
최선을 다해 물컹물컹 썩어 들어가네
비도 내려 흙내 그리워 못 견디겠다고
썩는 내로 먼저 문을 열고 걸어나가네

자, 出世다

봄 꽃

꽃에게로 다가가면
부드러움에
찔려

삐거나 부은 마음
금세

환해지고
선해지니

봄엔
아무
꽃침이라도 맞고 볼 일

폐 가

세월은 문짝을 싫어하는 게지
문짝을 먼저 떼어갔네
세월은 문짝을 좋아하는 게지

세월의 문짝
저 집에 살던 사람들
지고 피던 꽃

서럽다고
혼자
핀 복사꽃

이마로 지붕을 짚고
손으로 지붕처럼
기운 세월을 짚네

청둥오리

청둥오리 알 품었다 하기에
규호 씨네 축사로 구경갔드랬습니다
지난번 비에 밭도랑 물이 고여
활주로가 생겨
청둥오리들 다 날아가고
소에 밟혀 다리 다친 놈 혼자 남아
저리 알을 품고 있다고
예뻐 죽겠다고
규호 씨 자랑이 상당했드랬습니다
알을 낳아 혼자 날아가지 않은 것은 아닐까
말을 건네자
규호 씨 더 환히 웃고
노총각 둘이서
예뻐라
청둥오리 구경을 한참 했드랬습니다

부 부

긴 상이 있다
한 아름에 잡히지 않아 같이 들어야 한다
좁은 문이 나타나면
한 사람은 등을 앞으로 하고 걸어야 한다
뒤로 걷는 사람은 앞으로 걷는 사람을 읽으며
걸음을 옮겨야 한다
잠시 허리를 펴거나 굽힐 때
서로 높이를 조절해야 한다
다 온 것 같다고
먼저 탕 하고 상을 내려놓아서도 안 된다
걸음의 속도도 맞추어야 한다
한 발
또 한 발

그 샘

네 집에서 그 샘으로 가는 길은 한 길이었습니다. 그래서 새벽이면 물 길러 가는 인기척을 들을 수 있었지요. 서로 짠 일도 아닌데 새벽 제일 맑게 고인 물은 네 집이 돌아가며 길어 먹었지요. 순번이 된 집에서 물 길어 간 후에야 똬리 끈 입에 물고 삽짝 들어서시는 어머니나 물지게 진 아버지 모습을 볼 수 있었지요. 집안에 일이 있으면 그 순번이 자연스럽게 양보되기도 했었구요. 넉넉하지 못한 물로 사람들 마음을 넉넉하게 만들던 그 샘가 미나리꽝에서는 미나리가 푸르고 앙금 내리는 감자는 잘도 썩어 구린내 훅 풍겼지요.

거 미

불빛 나가는 창가에 줄을 쳐 놓았다

새소리와 꽃향기를 가로막고

내 집을 기둥 하나로 삼아

농부가 논두렁에 쪼그려 앉아 있다

보따리

한 시간 걸려 버스가 읍내에 도착하면
저것 내 것! 저것 내 것!!
보따리 들고 내리는 할머니들보다
좀더 젊은 할머니들
보따리를 향해 버스 문을 후벼판다

휜 허리로 짐보따리를 내리는
몸집보다 큰 익모초 단을 내리는
할머니들의 쪼그락
손

저 작은 보자기
수만 번 꾸렸다 폈다 했을
저 작은 보따리

어느 겨울 밤
눈물
한 줌

꾸렸을
저
보따리가,

초승달

배고픈 소가

쓰윽

헛바닥을 휘어

서걱서걱

옥수수 대궁을 씹어 먹을 듯

최제우

하늘에서 나무대문 열리는 소리가 난다
어디로 가는가 기러기 떼
八자 대형으로,
人자 대형으로
동학군의 혼령인 듯,
하늘과 땅 사이에 사람 인자 쓰며
人乃天
하늘을 自劃하며 날아가는
기러기
저리 살아 우는 글자가 어디 또 있으랴
목을 턱 내밀고 날아가는 모습이 서늘하다

＊최제우: 동학 1대 교주. 칼로 목을 내리쳤으나
　　　　 쉽게 떨어지지 않았다고 함.(학원출판공사, 백과사전)

옥탑방

눈이 내렸다
건물 옥상을 쓸었다
아파트 벼랑에 몸 던진 어느 실직 가장이 떠올랐다

결국
도시에서의 삶이란 벼랑을 쌓아올리는 일
24평 벼랑의 집에 살기 위해
42층 벼랑의 직장으로 출근하고
좀더 튼튼한 벼랑에 취직하기 위해
새벽부터 도서관에 가고 가다가
속도의 벼랑인 길 위에서 굴러 떨어져 죽기도 하며
입지적으로 벼랑을 일으켜 세운
몇몇 사람들이 희망이 되기도 하는

이 도시의 건물들은 지붕이 없다
사각 단면으로 잘려 나간 것 같은
머리가 없는
벼랑으로 완성된

옥상에서

招魂하듯

흔들리는 언 빨래소리

덜그럭 덜그럭

들린다

귀　향

낯설지 않던 도시를 떠돌다
낯선 고향에 돌아왔네

이 땅에 이쯤 살았다면
같이 살던 동네 사람들
내 나이 수만큼은
흙 속에 묻어주었을 텐데

문이 문을 여는 빌딩을 기웃거리고
들이 아닌 강이 아닌 산이 아닌
식당에서나 음식물을 만나
죽은 고기를 씹고
똥물 내리는 물소리나 들으며
풀 냄새라곤 담배 냄새나 맡다가

여자 몸 속에 아이 하나 못 심고
사십이 다 되어 홀로 돌아와
살아온 길 잠시 벗어 보네

낯선 고향에서 쉬이 잠 오지 않네

폐타이어

구르기 위해 태어난 타이어
급히 굽은 길가에 박혀 있다

아직 가 보고 싶은 길 더 있어
길 벗어나기도 하는 바퀴들 이탈 막아주려

몸 속 탱탱히 품었던 공기 바람에 풀고
움직이지 않는 길의 바퀴가 되어

움직이는 것들의 바퀴인
길은 달빛의 바퀴라고

길에 닳아버린 살거죽
모여 모여

몸 반 묻고
드디어 길이 되었구나

식목일

사람들이 공중에 미래를 그려보는 날
나무들이 산 채 누워 거리를 질주하고

도살장으로 가는 한 트럭 돼지들이
마지막으로 벌이는 죽음의 카퍼레이드

어려서 가출하다가 꺾꽂이 해 놓은 미루나무 뽑아
길바닥에 써 보았던 그 여자애 이름

심어지는 것들
심어지는 것들

길 위에서
뿌리 열 개를 꼼지락거려 본다

백미러

어깨 위에서 도끼날이 번쩍 햇살을 찍는다
찍힌 하늘 속으로 돼지 비명이
길게 빨려 들어간다

그가 쓰러졌다
달려오던 트럭 백미러에 머리를 부딪쳐
앞으로 가기 위해 뒤를 돌아보게 하는

그가 온몸을 부르르 떨고 있는 중환자실에서
백미러는 자꾸 도끼날이 되었다
이차 수술 결과가 좋아야 식물인간이 된다고 했다
식물이란 말이 가장 무섭게 들리던
진단을 깨고
그가 일주일 만에 의식을 회복했다

백사십 살

이라고 대답했다 죽음 앞에서

세월보다 더 치열하게 삶을 살다 왔는지
나이를 백 살 더 먹어버린 그는
아주 오래된 일만 혼자 중얼거렸다

혹

죽였던 돼지를 만나
잡았던 개를 만나
밧줄을 풀고
함몰된 머리를 보듬고
멱 속으로 피를 다시 집어넣고
꿰매며
단지 생활난 탓이었다고
수십 석 볍씨를 논바닥에 토하고 온 것은 아닐까

백미러처럼

도축장으로 죽으러 가는 돼지 한 트럭

지금
횡단보도에 멈춰 서 있다

길 위에서 깔려 죽은 뱀은 납작하다

봄엔 능구렁이가 많이 깔려 죽고
가을엔 독사가 많이 깔려 죽는다
왜 그러냐고 뱀들에게는 아직 물어보지 못했으나

뱀이 죽은 이 지점은
가장 뱀의 길이 아니었으며
죽는 한이 있더라도 꼭 건너야 했던
가장 뱀의 길이었으니

길은 얼마나 공격적인가
길이 길을 잡아먹는 만큼 길은 길인 것
길이 길을 잡아먹는 지점이 가장 길인 것

들판에서 볏가마니 싣고 나온 농부가
경운기에 추수한 길을 가득 싣고 탈탈탈
깔려 죽은 뱀 위를 천천히 지난다

길의 길

길 위에 길이 가득 고여 있다
지나간 사람들이
놓고 간 길들
그 길에 젖어 또 한 사람 지나간다

길도 길을 간다
제자리걸음으로
제 몸길을 통해
더 넓고 탄탄한 길로
길이 아니었던 시절로

가다가

문득
터널 귓바퀴 세우고
자신이 가고 있는 길의 소리 듣는다

물

소낙비 쏟아진다
이렇게 엄청난 수직을 경험해 보셨으니

몸 낮추어

수평으로 흐르실 수 있는 게지요
수평선에 태양을 걸 수도 있는 게지요

정수사淨水寺

가늘어진
가을
물소리에
바위는
더
깊이
패는구나

길

식물들은 살아온 몸뚱이가 가본 길이다

그도 죽어 길이 되었는지

골목길에 검은 화살표로 이정표를 남겼다

2
그림자

봄

국토통일원에 목련꽃이 피었다
족구하는 직원 몇
공 따라 네트 넘는 공 그림자
담 넘지 않고 넘은 담 그림자

흔들리지 않는
흔들리는 꽃 그림자

봄의 헛바닥

목련꽃 한 잎 떨어진다
그림자 한 잎 진다

만나

꽃이 썩으면
썩어 빛이 되는 꽃 그림자

환한 그림자

반쪽 달이 떴다

달무리가 둥글다

불타는 그림자

송판 쪼가리 돼지감자 대궁 플라스틱 병
잡동사니 모아 놓고 불을 지핀다
그림자를 늘어뜨리고 있던 것들이
불타오르며
아직 서 있거나 쓰러져 있는 것들에게
그림자를 매달아 준다
몸들은 가만히 있는데 불춤에 맞춰
그림자들이 춤을 춘다
지상에서 그림자 몇 개 소멸한다
완벽한 어둠이거나 환함
또는 평지뿐이라면
존재하지 않았을 그림자
불타며
마지막 자신의 모습을
다른 몸을 빌려 그려보는
그림자들의 화엄, 불길 속에
뽕나무 그림자 하나 꺾어 집어던진다

질긴 그림자

태양이 어서 일터로 나가라고
넥타이를 매주듯 그림자를 매주었다
농부들이 들판에서 그림자를 파내고 있었다

달이 뒤에서 앞에서 자신의 포즈까지 바꾸며
뒷모습만 나오는 흑백 그림자를 찍어 주었다
올빼미가 제 그림자가 되어준 들쥐를 내리 쪼았다

불빛 속에서 그림자가 화들짝 튀어나왔다
죽음만이 실재하고 살아가는 모든 일들이
죽음의 그림자일 뿐이라는 생각이 타올랐다

불 탄 산

나무와 나무 사이
청설모 길도 붉게 타올랐다
꽃핀 진달래가 지글지글 끓었다
솔방울이 불방울이 되어 굴렀다
불꽃의 산이었다

검은 그림자들이 빽빽이 서 있었다

아흐레 지난 새벽,
재 냄새가 마을 가득하다
한몸이 된 나무들 내음

봄 비 다

고 향

개가 소뼈를 물고 간다
개 그림자가 소뼈 그림자를 물고 간다
개 그림자가 소뼈 그림자를 씹어먹는다
37년 쫓아와
그림자가 그림자 먹어 치우는 것
우두커니 보고 서 있는

몸 그림자 너무 커 버려
냇가도, 길도, 학교 운동장도 작아 보이는
도회를 떠돌며 낮은 산 만나
산만 더 높아 보이는

내 몸뚱이 죽어 어디다 버리면 좋을까
늘
고향 산이 좋을 것 같다는 결론에 이르던

그것은 누구의 생각이었던가
산에서 들판으로 흘러내린

들판에서 곡식으로 솟은
내 몸이
된
흙의 제 고향 생각이었구나

개 그림자가 소뼈 그림자 씹어 먹다 걸렸는지
쿠~왝
소뼈 그림자 조각 토해 내는 소리
깊다

개밥그릇

사월 초파일
傳燈寺에서 淨水寺까지
공양 드리러 가는 보살님 차를 얻어 탔다
토마토 가지 호박 늦은 모종을 안고

십 리를 더 걸어와
흙 파고 물 붓고
뿌리에 마지막 햇살 넣고 흙 덮고
해도 燈처럼 물(水)처럼 날이 맑아

개밥그릇을 말갛게 닦아주고 싶었다
부처님 오신 날인데 나도
수돗가에 앉아 도(陶)를 닦았다
고개 갸웃갸웃 쳐다보던 흰 개

없다니까!
그 그림자가 그릇의 맛이야
수백 번 혓바닥으로 핥아도 아직 지울 수 없는

햇살이 담길수록 그릇이 가벼웠다

뿌리의 힘

서울서 면도하고 고향 와
턱 만지니 꺼끌꺼끌

강철 면도날 수백 개
밀어 온 수염

뿌리의 힘

날려고 그림자 떼어버렸던 구름
낙향하는 눈보라

앉아서 죽은 아버지와 같이 쓰러지던
흰 수염의 검은 그림자

폐타이어 · 2

길 건너편에서 가위질 소리가 들린다
빈 종이 상자 실은 리어카가 지나간다
찰강찰강
웃자란 햇살이 경쾌하게 깎인다
내리막길 과속 막으려
리어카 뒤에 매단 타이어 끌리는 소리
부-욱 부-욱
바리톤이다
구르는 바퀴를 굴러 본 바퀴가 붙잡는 봄

어미 가슴팍 또 한 겹 얇아진다

일 식

햇살 아래서

눈물을
한두 번 찍었을

女人의 가녀린
반지 낀 손가락
끌어 입술에 대보고 싶은

그래
그림자도 빛반지를 저리 껴 보는구나

그림자

금방 시드는 꽃 그림자만이라도 색깔 있었으면 좋겠다

어머니 허리 휜 그림자 우두둑 펼쳐졌으면 좋겠다

찬 육교에 엎드린 걸인의 그림자 따뜻했으면 좋겠다

마음엔 평평한 세상이 와 그림자 없었으면 좋겠다

사십 세가 되어 새를 보다

새가 앉자
나뭇가지가 흔들린다

새도
흔들린다

새들에게
하늘로 날 꿈을 준

나무는
새들의 긴 다리다

새들은
나무의 그림자다

그늘 학습

뒷산에서 뻐꾸기가 울고
옆산에서 꾀꼬리가 운다
새소리 서로 부딪히지 않는데
마음은 내 마음끼리도 이리 부딪히니
나무 그늘에 좀더 앉아 있어야겠다

원圓을 태우며

불타는 나무토막이
불꽃으로
푸르던 시절 제 모습을 그려 본다
불꽃으로
뿌리내렸던 산세를 떠올려 본다

살며 쪼였던 태양빛을 토하며
조밀한 음반
기억의 춤 나이테를 푼다

새의 날갯짓 활활
눈비바람 꺼내 불바람
흔들림에 대한 기억으로 흔들리며
불꽃은 타오른다

출렁출렁
빛 그림자
달빛도 풀린다

젖은 나무는
연기도 피워 보지만

원
탄
재가
가볍다

아, 구름 선생

떠나는 것 별일 아니라고
구름 그림자는 가파르게
단풍 든 산도 쉽게 지나는데
국화 향기에 발걸음 멈춘
무거운 마음

나무 위로 쫓기고
나무 위로 쫓아 올라가
싸우던 간밤 고양이 울음소리

공기에 소리 풀리듯
소리에 구부러졌던 공기 퍼지듯
사라질, 없는
마음에 허부적대
떨굴 마음도 하나 없으니

달과 설중매

당신 그리는 마음 그림자
아무 곳에나 내릴 수 없어
눈 위에 피었습니다

꽃피라고
마음 흔들어 주었으니
당신인가요

흔들리는
마음마저 보여주었으니
사랑인가요

보세요
제 향기도 당신 닮아
둥그렇게 휘었습니다

그리움

천만 결 물살에도 배 그림자 지워지지 않는다

해바라기

그 작던 씨앗의 그림자 땅 속으로 들어가
저리 길다란 그림자를 캐내고 있다

기억이여

태양빛으로 빚은 그림자의 씨앗
머리에 촘촘히 박고 서 있는

피붙이여

논 속의 산그림자

물 잡아 논 논배미에 산그림자 드리워져
낮은 물 깊어지네

산그림자 산 높이의 열 배쯤
한 십여 리
어떻게 와서 저리 몸 담그고 있는지

거꾸로 박힌 산그림자 속
바위는 굴러 떨어지지 않고
나무는 움트네

개구리 울음소리 산그림자
깜깜하게 풀어놓던 며칠 밤 지나

흙을 향해 허리 굽히는 게 모든 일의 시작인
농부들 푸른 모춤을 지고
산그림자 속으로 걸어 들어가네
뒷걸음치며 산에 모를 심네

바위 위에도 모를 꽂아 놓았네

산그림자 속에서 백로 한 마리 날아 나와
편 목 다시 구부리며
젖지 않은 발 적시며
산그림자 위로 내려앉네

3
죄

천둥소리

소리에 어른이신 저 큰 말씀

무슨 뜻인지 모르겠네

그래 살아 있네

전구를 갈며

잠시 빛을 뽑고 다섯 손가락으로 어둠을 돌려
삼십 촉 전구를 육십 촉으로 갈면

십자가에 못 박혀 있는 예수는 더 밝게 못 박히고
십자가는 삼십 촉만큼 더 확실히 벽에 못 박힌다
시계는 더 잘 보이나 시간은 같은 속도로 흐르고
의자는 그대로 선 채 앉아 있으며
침대는 더 분명하게 누워 있다
방안의 그림자는 더 색득해지고
창 밖 어둠은 삼십 촉만큼 뒤로 물러선다

도대체 삼십 촉만큼의 어둠은 어디로 갔는가
내 마음으로 스며 마음이 어두워져
풍경이 밝아져 보이는가
내 마음의 어둠도 삼십 촉 소멸되어 마음이 밝아져
풍경도 밝아져 보이는가

어둠이 빛에 쫓겨 어둠의 진영으로 도망쳤다면

빛이 어둠을 옮겨주는 발이란 말인가
십자가에 못 박혀 벽에 못 박혀 있는 깡마른 예수여
연꽃에 앉아 법당에 앉아 있을 뚱뚱한 부처여
죽음을 돌려 삶을 밝힐 수밖에 없단 말인가

잠시 다섯 손가락으로 빛을 돌려 어둠을 켜고
삼십 촉 전구를 육십 촉으로 갈면

김포평야

김포평야에 아파트들이 잘 자라고 있다

논과 밭을 일군다는 일은
가능한 한 땅에 수평을 잡는 일
바다에서의 삶은 말 그대로 수평에서의 삶
수천 년 걸쳐 만들어진 농토에

수직의 아파트 건물이 들어서고 있다
농촌을 모방하는 도시의 문명
엘리베이터와 계단 통로, 그 수직의 골목

잊었는가 바벨탑
보라 한 건물을 쌓아 올린 언어의 벽돌
만리장성, 파리 크라상, 던킨 도너츠
차이코프스키, 노바다야끼……
기와불사하듯 세계 도처에서 쌓아 올리고 있는
이진법 언어로 이룩된
컴퓨터 데스크塔

이제 농촌이 도시를 베끼리라
아파트 논이 생겨
엘리베이터 타고 고층 논을 오르내리게 되리라
바다가 층층이 나누어지리라
그렇게 수평이 수직을 다 모방하게 되는 날
온 세상은 거대한 하나의 탑이 되고 말리라

김포평야 물 괸 논에 아파트 그림자 빼곡하다

검은 역삼각형

신이 만든 피라미드
　욕망의 샘
　저 작은
　　거웃
　　속

　만나고 싶은

　　내
　　거웃
　이리 큰
　욕망의 샘
신이 만든 피라미드

눈사람

굴러 굴러
몸 만들었구나

차고 둥근
물알 두 개

평편하게
한세상 살지 않고

끝 찾아
다시 펼쳐 놓고 싶은

눈사람
사람눈

여름의 가르침

아름다운 새소리가 들린다

쓰름매미가 울음을 멈춘다

나비가 새소리 반대 방향으로 몸을 튼다

일순 배추꽃 노란색이 옅어진다

새소리가 아름답게 들리는

내 마음속에 존재하는 잔인함이여

소스라치다

뱀을 볼 때마다
소스라치게 놀란다고
말하는 사람들

사람들을 볼 때마다
소스라치게 놀랐을
뱀, 바위, 나무, 하늘

지상 모든
생명들
무생명들

감촉여행

도시는 딱딱하다
점점 더 딱딱해진다
뜨거워진다

땅 아래서
딱딱한 것을 깨오고
뜨거운 것을 깨와
도시는 살아간다

딱딱한 것들을 부수고
더운 곳에 물을 대며
살아가던 농촌에도
딱딱한 건물들이 들어선다

뭐 좀 말랑말랑한 게 없을까

길이 길을 넘어가는 육교 바닥도
척척 접히는 계단 길 에스컬레이터도

아파트 난간도, 버스 손잡이도, 컴퓨터 자판도
빵을 찍는 포크처럼 딱딱하다

메주 띄울 못 하나 박을 수 없는
쇠기둥 콘크리트 벽안에서
딱딱하고 뜨거워지는 공기를
사람들이 가쁜 호흡으로 주무르고 있다

그리운 나무 십자가

하나님 말씀 듣는
안테나가 모조리 붉다
첫째날 나눈 낮과 밤
지켰으면 좋겠는데

부엉이들 앉아
야광 눈들 모여
부흥 부흥
밤새 부흥회라도 열었으면 좋겠는데

못도 박을 수 없는
네온사인이니
예수님 피 흘려도 보이지 않을
네온사인이니

빛으로 거기 항상 있지 않고
보고 싶은 마음에 보여
무거운 죄

메주 덩어리처럼 매달 수도 있게

새똥 덕지덕지
나무였으면
비바람에 썩는
나무였으면

돌 에

송덕문도
아름다운 시구절도
전원가든이란 간판도
묘비명도
부처님도
파지 말자

돌에는
세필 가랑비
바람의 획
육필의 눈보라
세월 친 청이끼

덧씌울 문장 없다
돌엔
부드러운 것들이 이미 써 놓은
탄탄한 문장 가득하니

돌엔
돌은
읽기만 하고
뾰족한 쇠끝 대지 말자

기호 108번

국민들을 위한다면
국민들을 위해 일하겠다는 말을 팔았으면
아무리 최선을 다해 일을 하셨어도
진정 국민들을 위하였다면
자신이 부족하였음을 느끼셨을 텐데
부족하여
미안하여
재산을 다 헌납하시거나
아무도 모르게 선행으로 다 쓰셨어야 옳았을 텐데
재산이 늘었다니요!
잘못 전달된 거겠지요
설마 그럴 리야 없겠지만
혹 재산을 늘린 분들이 계신다면
대통령님이시거나, 국회의원님이시거나, 검사님이시거나,
도지사님이시거나, 시의원님이시거나, 농협장님이시거나,
다 개새끼님들 아니십니까
국민들을 위하여 일하겠다고
말을 파신 분이나

말을 파실 분은
중생들이 다 극락왕생할 때까지
성불하시지 않겠다는
기호 108번
지장보살님 꼭 한 번 생각해주세요

같은 자궁 속에 살면서

집채만한 폭탄
폭탄에 어머니라 부르는
폭탄에도 어머니가 있다니
어머니란 말을 폭탄에도 붙이다니
충격과 공포스런 그들

유크라테스 강 티그리스 강
문명의 발상지를 폭격하는
잔혹함 쪽으로만 진화한,
폭력의 극점인,
무기들을 신봉하는

악의, 페스티벌
저 섬광만 버린다면
우주는 평화로운 자궁
악동이 태어나 혼자 포식하려고
지어미 자궁 속에서 포크질만 하지 않는다면

물어 뜯는다
입을 틀어막는
모래바람의 경고
질경질경 씹어
너덜거리는 자궁에 뱉으며

양팔 잘린, 두개골이 함몰된, 어린 생명들의
눈물, 성공적으로 빨고 있다고 자찬하는
경박하고 소갈딱지 없어 보이는 눈빛
주둥이에 묻은 핏방울 쓱쓱 닦는
부시시한 고양이 한 마리

개 도살장에서

마취제를 맞은 개가 하품을 한다
트럭 짐칸에 푸석 주저앉는다
쇠철망 위에 던져진다
토치램프가 퍼런 불을 내뿜는다
목살이 벗은 누린내가 사방으로 날뛴다
거죽이 오무라들고 살이 튼다
개는 눈동자만 간신히 움직인다
믹서기에 대가리를 갈아도
동동 뜨던 수백 개의 닭 눈동자들
그 눈동자들만은 남기지 않고 먹던 힘이었을까
눈꺼풀을 닫지 못한 눈빛이 익는다
담배를 물며 약수터로 눈을 돌린다
이십 리터에 오백 원 자동 펌프 장치 안내판
담배 한 개비 다 피우기도 전에
개는 내장을 비우고 육실한다
만오천 원 도살비를 지불한다
그때서야 근육마취가 풀렸는지
검은 비닐봉지 속에서

여섯 조각이 생선처럼 푸덕푸덕거린다

죄

오염시키지 말자
죄란 말
칼날처럼
섬뜩 빛나야 한다
건성으로 느껴
죄의 날 무뎌질 때
삶은 흔들린다
날을 세워
등이 아닌 날을 대면하여
할 일과 하지 말아야 할 일
구분하며 살 수 있게
마음아
무뎌지지 말자
여림만으로 세울 수 있는
강함만으로 지킬 수 있는
죄의 날
빛나게
푸르게

말로만 죄를 느끼지 말자
겁처럼 신성한
죄란 말
오염시키지 말자

큰 물

옛사람들은 큰물이 났다고 하였으나
우린 水魔란 말을 쓴다

생각해 보면
우리가 물길을 막은 것 아닌가
물의 길에 우리가 살고 있었던 것 아닌가
바닷물을 데워
하늘로 올라가는 수증기의 길에 속도를 가했고
땅으로 내려오는 비의 길을 어지럽혀
어쩔 수 없이 폭우가 쏟아진 것 아닌가

수마가 할퀴고 간 상처라니
수마란 말은 차마 입에도 담지 말자
우리 몸이 물이고
물이 생명인데
물을 魔라고 하면
너무 자학적이지 않은가
너무 반성이 깊지 않은가

4

별

섬

물울타리를 둘렀다

울타리가 가장 낮다

울타리가 모두 길이다

뻘에 말뚝 박는 법

뻘에 말뚝을 박으려면
긴 정치망 말이나 김 말도

짧은 새우 그물 말이나 큰 말 잡아 줄 써개말도
말뚝을 잡고 손으로 또는 발로
좌우로 또는 앞뒤로 흔들어야 한다
힘으로 내리 박는 것이 아니라
흔들다보면 뻘이 물러지고 물기에 젖어
뻘이 말뚝을 품어 제 몸으로 빨아들일 때까지
좌우로 또는 앞뒤로 열심히 흔들어야 한다
뻘이 말뚝을 빨아들여 점점 빨리 깊이 빨아주어
정말 외설스럽다는 느낌이 올 때까지
흔들어주어야 한다

수평이 수직을 세워

그물 넝쿨을 걸고
물고기 열매를 주렁주렁 매달 상상을 하며

좌우로 또는 앞뒤로

흔들며 지그시 눌러주기만 하면 된다

뻘

말랑말랑한 흙이 말랑말랑 발을 잡아준다
말랑말랑한 흙이 말랑말랑 가는 길을 잡아준다

말랑말랑한 힘
말랑말랑한 힘

숭어 한 지게 짊어지고

뻘길 십 리

푸드덕 푸드덕
몸망치로 때려 박아
지게에서 내려서려는 숭어

맨발로
지구를 신고

숭어가 움직이면
움직임을 느낀 만큼
숭어가 되는

증발하는 생명 한 지게 지고
뻘에 박혀 있는 흙못 하나

승리호의 봄

그물은 다음 사리에 매기로 하고
그물 말뚝 붙잡아 맬
써개말뚝 박고 오는데
벌써 경진 엄마 머리에서
숭어가 하얗게 뛴다

그물 매는 것 배우러 나갔던
나도 신이 나서

경진 아빠 배 좀 신나게 몰아보지
먼지도 안 나는 길인데 뭐!

닻

파도가 없는 날
배는 닻의 존재를 잊기도 하지만

배가 흔들릴수록 깊이 박히는 닻
배가 흔들릴수록 꽉 잡아주는 닻밥

상처의 힘
상처의 사랑

물 위에서 사는
뱃사람의 닻

저 작은 마을
저 작은 집

주꾸미

뱃전에 서서 뿌려 두었던
빈 소라 껍질 매단 줄을 당긴다

먹이로 속이는 낚시가 아닌
길을 가로막는 그물이 아닌
알 깔 집으로 유인한

주꾸미들 줄줄이 딸려 올라온다
머리 쪽으로 말아 올린 다리들 흡반에
납작한 돌 조개껍질 나무말뚝 껍질로
대문 달아 건 채
물밑 바닥이 뻘이라 아직 대문 못해 건 놈은
올라오다 떨어지기도 하며

뭐야, 또 두 마리!
먼저 든 놈 대문 완벽하여
문이 벽이 되어
겹대문

겹죽음일세

뱃전에 서서 빈 소라 껍질 매단 줄을 당기면
배가 흔들리고
길에 매달린 집들이 흔들린다

푸르고 짠 길

이 길은 푸르고 짜다
길 속에서 먹을 것을 잡아올린다
이 길엔 깊이가 있어
길에 빠져 죽기도 한다
길 위에서 밥을 몇 번 해 먹으면
두려움이 가시기도 하는

길과 같이 흔들리며 낚시를 한다
온 힘을 다해 살아온 지혜를 다 짜
배와 줄다리기하던 망둥이가 뽑힌다
얽히고설켰던 길의 가닥 중
망둥이 길 하나가 틀어져 나온다

길의 배를 따고
물에 길을 넣고 불로 길을 끓인다
길의 살점을 발라 먹는다
먹는 것은 길의 살점뿐인데
살점들은 먹지 못하는 길의 뼈에 붙었으니

길을 먹은 힘으로 길을 또 가야 하는
길이 흔들린다
흔들리는 길 위에서 길은 더 흔들린다
이 길은 늘 푸르고 짜다

물고기

부드러운 물
딱딱한 뼈

어찌
옆으로 누운 나무를
몸 속에 키우느냐
뼈나무가 네 모양이구나
비늘 입새 참 가지런하다

물살에 흔들리는
네 몸 전체가
물 속
또 하나의 잎새구나

동막리 가을

내장 훑어버린 몸 곧게 펴고

도르래 줄 타고 장대 끝까지

망둥이 님 숭어보다도

더 높이 뛰어오르셨습니다

어민 후계자 함현수

형님 내가 고기 잡는 것도 시로 한번 써보시겨
콤바인 타고 안개 속 달려가 숭어 잡아오는 얘기
재미있지 않으시겨 형님도 내가 태워주지 않았으껴
그러나저러나 그물에 고기가 들지 않아 큰일났시다
조금때 어부네 개새끼 살 빠지듯 해마다 잡히는
고기 수가 쭉쭉 빠지니 정말 큰일났시다 복사꽃 필 때가
숭어는 제철인데 맛 좋고 가격 좋아 상품도 되고……
옛날에 아버지는 숭어가 많이 잡혀
일꾼 얻어 밤새 지게로 져 날랐다는데 아무 물때나
물이 빠져 그물만 나면 고기가 멍석처럼 많이 잡혀
질 수 있는 데까지 아주, 한 지게 잔뜩 짊어지고
나오다보면 힘이 들어 쉬면서 비늘 벗겨진 놈
먼저 버리고 또 힘이 들면 물 한 모금 마시면서
참숭어만 냉겨놓고 언지, 형님도 가숭어 알지 아느시겨
언지는 버리고 그래도 힘이 들면 중뻘에 지게 받쳐놓고
죽을 것 같은 놈 골라 버리고 그렇게 푸덕푸덕대는
숭어를 지고 뻘길 십 리 길 걸어나와
온몸이 땀범벅이 된 채 곳뿌리 끝에 서서

담배 한 대 물고 걸어나온 길 쳐다보면서
더 지고 나오지 못한 것을 후회도 했다는데
뻘길 십 리 길 가물가물 멀기는 멀지 아느껴 힘들더라도
나도 그렇게 숭어 타작 좀 한번 해보았으면 좋겠시다

현수 씨 콤바인 타고 들어가 고기 싣고 나오는 얘기는
여차리* 일부 뻘 얘기지만 뻘이 딱딱해진다는
너무 슬픈 얘기라 함부로 글을 쓸 수 없고
아버지 얘기는 그냥 시인데 뭘 제목만
'인생' 이라고 붙이면 되지 않겠어

형님, 한잔 드시겨

* 여차리: 강화도에 있는 마을 이름

111

분오리分五里 저수지에서

하늘의 손거울에 낚시를 던진다

멀리 선두리 동네 방송이 들린다
서울서 온, 도토리 주우러 간 분, 빨리 차 빼주세요
상여 올라가야 하니까 상여가 못 올라가고 있습니다

잉어를 낚으려고
어분을 조몰락거리며
도토리만한 경단을 만들며
나는 땅 위 낚싯대에 물려 있다

던져 놓은 릴낚싯대 끝도 휘지 않고
69자세로 교미하며 나는 잠자리가 줄 건드려
방울
딸랑

살려고 땅에 떨어진 도토리가
막았던 죽음 길 열렸는지

상두꾼소리 곡소리 산 속으로 올라가고
물 속으로 들어가
물 속 가려버린 밝은 구름 커튼 속
내 살아 있음 죽음으로 달아 줄
잉어추는 어디 가셨는지

하늘의 손거울 깨지지 않는다

개

망둥이를 낚으려고
노을 첨벙거리다가 돌아오는 길
어둠 속에서도 개는 내 수상함을 간파하고
나를 겁주며 짖는다
내가 여기 더 오래 살았어
네가 더 수상해
나는 최선을 다해 개를 무시하다
시끄러워
걸음 멈추고 개와 눈싸움을 한다
사십여 년 산 눈빛으로
초저녁 어둠도 못 뚫고
똥개 하나 제압 못 하니
짖어라
나도 내가 수상타
서녘 하늘에
낚싯바늘 같은 달 떠 있고
풀 꿰미에 낀 망둥이 댓 마리
푸덕거린다

낚시 이후

늦게 일어나 수돗가에 나가 보니
고무대야에 피라미와 붕어가 떠 있다

죽음을 머리 위에 허옇게 인
잉어가 아가미를 움직인다

그늘 흔드는
지느러미

두려웠나 물 밖으로 뛰쳐나와
죽음 속으로 헤엄쳐 간 잔 고기 몇 마리

부패와 호흡이 한 물 속이고
심장들은 제자리띔으로 경계를 넘는다

한밤의 덕적도

사릿발에 떠내려간 배 열흘 만에 찾았다고
날이 새면 덕적도로 배 찾으러 간다고
배 찾았시다 술 한 잔 했시다
신이 났던 아랫집 동생이 등을 두드려 달란다
코스모스 아래 쭈그려 앉아
소라 아빠는 내일 버섯장을,
튼튼한 그늘을, 만든다고 먼저 가고
등을 두드려 주지 않는 내가 야속하다고

어여 가라
잃었던 것 되찾으러 뱃길 세 시간
해발 제로의 길
작게 흔들려도 몸 전체가 흔들리는 배를 타고
아침 일찍 어여 가야 하니
등은 달빛이 두드려 주고 있으니
야속하다 말고
되찾을 것 있는 너는 어여어여 가라 하고

고욤나무 아래 서서
오래 바라다본 달빛 푸른 바다
잃었던 것 되찾는 황홀함
무엇 있었단 말인가 내겐
무엇이 있을 거란 말인가
찬 들국 향이여
내 마음의 덕적도는 어디에 있는가

저 달장아찌 누가 박아 놓았나

마음 마중 나오는 달정거장

길이 있어

어머니도 혼자 살고 나도 혼자 산다

혼자 사는 달

시린 바다

저 달장아찌 누가 박아 놓았나

물고기 · 2

낚싯줄에 걸려 나온 물고기
뱃마루를 친다

튀어오른다

몸 속에 박고 살던 가시로
제 살점을 찌른다

여긴 물 속이 아냐
무뎌지는 감각을 찔러야 해

겁 때문에, 살을 위해,
겉 가시만 갈았단 말인가

낚시 바늘보다 더 날카롭게
몸을 찔러야 한단 말이다

펄떡!

뻘 밭

부드러움 속엔 집들이 참 많기도 하지
집들이 다 구멍이네
구멍에서 태어난 물들
모여 만든 집들도 다 구멍이네
딱딱한 모시조개 구멍 옆 게 구멍 낙지 구멍
갯지렁이 구멍 그 옆에도 또 구멍구멍구멍
딱딱한 놈들도 부드러운 놈들도
제 몸보다 높은 곳에 집을 지은 놈 하나 없네

딱딱하게 발기만 하는 문명에게

거대한 반죽 뺄은 큰 말씀이다
쉽게 만들 것은
아무것도 없다는
물컹물컹한 말씀이다
수천 수만 년 밤낮으로
조금 무쉬 한물 두물 사리
소금물 다시 잡으며
반죽을 개고 또 개는
무엇을 만드는 법을 보여주는 게 아니라
함부로 만들지 않는 법을 펼쳐 보여주는
물컹물컹 깊은 말씀이다

섬이 하나면 섬은 섬이 될 수 없다
— 섬이 섬에게 보내는 편지

1. 태양

풋살구가 떨어지며 사랑채 지붕을 두드립니다. 양철지붕에 부딪히고 살짝 튀어올랐다 다시 떨어지는지 곧바로 낮은 소리를 한 번 더 냅니다. 침묵이 나비물처럼 사방에 뿌려지고 툭, 조용해집니다. 깨졌던 침묵이 봉합되는 순간에 침묵은 더 깊어지는 것 같습니다.

침묵에서는 어떤 냄새가 날까. 무슨 맛일까. 비린내가 날 것 같고 신맛일 것 같다는 생각을 하다가 잠자리에서 일어나 유리창을 엽니다.

아카시꽃 달콤한 냄새가 방으로 쏟아져 들어옵니다. 유리창에 밤새 쳐져 있던 아카시꽃 향기커튼이 찢어졌나봅니다. 콧숨을 짧고 빠르게 끊어 쉬며 달콤한 향을 음미하다가 폐를 최대로 부풀리며 향기를 빨아들여 봅니다. 가슴이 시원해집니다. 꽃향기 침략에 몸이 공중으로 떠오르네 라고 혼자 중얼거려 봅니다. 강화도 마리산 밑에 있는 우리 동네 동막리는 해마다 아카시 꽃향기와 밤꽃 내와 들국화 향에 점령당합니다. 그렇게 세 번씩이나 점령당하면서도 노인회장님도 이장님도 있건만 대책회의 한번 열리지 않습니다.

탕.탕.탕.탕. 느닷없이 경운기 발동 터지는 소리가 들립니다. 경운기 소리에 아카시 꽃향기가 잠시 지워집니다. 옆집 아저씨가 사슴농장으로 먹이 주러 가는 시간입니다. 바깥으로 나가 대문이라도 열어 놓아야 할 것 같습니다. 그래야 밤새 담장 넘어오느라 수고한 향기들 손쉽게 다음 목적지로 갈 수 있고 기척도 못 느끼고 잠을 잔 미안한 마음도 덜 수 있을 테니까요.

바깥마당에 있는 고욤나무 아래 나무의자에 앉아 지붕 위 살구나무를 쳐다봅니다. 올 봄이었습니다. 무심히 살구나무를 보고 있는데 여느 때는 보이지 않던 풍경이 들어왔습니다. 아니, 살구나무에 아직도 떨어지지 않은 이파리들이 있단 말인가. 그것도 한군데 그대로 뭉쳐서. 제일 늦게 이파리 떨어지는 참나무 가지가 부러지며 산에서 날아왔겠지 생각하며 다가가 보았습니다. 살구나무 이파리가 분명했습니다. 낙엽이 다 졌는데 부러진 가지의 이파리들은 그대로 붙어 있는 거였습니다. 끝까지 가보지 못한, 낙엽까지 가지 못한 이파리들은 떨어질 수 없었나 봅니다. 워낙 상처는 질긴 건가요.

하늘에 떠 있는 빛의 섬, 수평이 아닌 수직 성향의 섬, 태양. 빛으로 살아가는 생명체들의 뭍인 태양. 태양이 살구나무 이파리들을 다시 푸르게 펼쳐 놓았습니다. 태양에서 떨어져 나와 나무 속으로 들어간 빛들이 태양을 그리워하며 하늘 쪽으로 가지를 뻗어 올립니다. 나무들의 모양, 꽃들의 빛깔들이 다른 것은 태양에 대한 그리움의 표현 방식이 다

124

르기 때문인 것 같습니다. 살구나무 가지에서 떨어진 풋살구가 살구나무 가지 쪽으로 튀어오르고 침묵 위에 떠 있던 말들이 침묵 속으로 다시 녹아드는 것도 그리움의 한 표현 방식일 것입니다. 본체에서 떨어져 나온 것들은 다 섬이며, 섬엔 그리움들이 가득 차 있습니다.

2. 포구

여진호 선장 고승준 씨를 따라 분오리 포구로 갑니다. 정치망에 걸린 물고기를 잡으러 간다기에 따라나섰습니다. 배를 몰고 나가기엔 아직 물이 덜 났습니다. 물때가 조금이라 물이 천천히 나기 때문에 일찍 바다에 나가면 물 위에서 그물 나기를 오랫동안 기다려야 합니다.

포구에는 물이 나기를 기다리고 있는 사람들이 많습니다. 끌고 다닐 수 있게 끈을 매단 고무박과 도시락이 들었을 배낭을 메고 있는 조개꾼 아주머니 이십여 명도 시끌시끌합니다. 조개가 제일 맛있는 철인 요즘은 조개가 많지 않다고 볕 가리개 모자를 쓴 아주머니가 불만을 터뜨립니다. 물장화 신은 아주머니가 맞장구를 칩니다. 뱃삯이 오른 것이 영 못마땅하다며 할머니 한 분이 담배를 꺼내 뭅니다.

고 선장이 조개꾼 실을 선장과 요즘 잡히는 고기에 대해 이야기를 나누고 있습니다. 이쪽 그물에는 농어가 많이 드는데 그쪽 그물에는 무엇이 많이 잡히느냐고 묻고 있는 중입니다.

　포구는 평소에도 시끄럽습니다. 딱딱한 길을 버리고 출렁거리는 길로 넘어가는 곳이라 그런가 봅니다. 고체의 길이나 액체의 길 중 한 길을 택해야 하는 곳이라 그런가 봅니다. 포구는 섬의 문입니다. 섬의 끝이며 바다의 시작이고 바다의 끝이며 섬의 시작입니다. 뭍에서 포구로 가는 길은 이 길 저 길이 부챗살처럼 모여들고 바다에서 포구로 돌아오는 뱃길은 깔때기처럼 모여집니다. 포구는 뱃사람들이 회사인 바다로 출근하는 길이며 퇴근하는 정문입니다. 고기를 많이 잡을 수 있을까 기대하는 곳이며 내일을 다시 기약하는 곳입니다. 어부를 배웅 나온 네 발 달린 개가 뒤돌아서는 곳이고 지느러미 단 물고기들이 바다를 떠나는 곳입니다. 세파에 시달린 사람들이 떠밀려와 푸른 방파제인 바다에 머리를 식히는 곳입니다. 물 위에 띄우는 작은 섬, 배에 오르는 곳이며 움직이는 작은 섬, 배에서 내려서는 곳입니다.

　배들이 방파제에 묶여 있던 뒷벼리줄을 풀고 시동을 겁니다. 물이 적당히 났나 봅니다. 물과 먹을 음식, 예비 기름을 차에서 옮겨 싣고 고 선장도 시동을 겁니다. 오늘 고기는 얼마나 잡힐까 기대하는 마음이 먼저 그물터로 달려나갑니다. 닻을 뽑습니다. 배가 물살을 가르며 뭍을 박차고 나갑니다. 섬에서 멀어지며 배는 또 하나의 섬이 됩니다. 섬에서 멀어진 만큼 배는 섬이 됩니다. 섬은 섬이 하나이면 섬이 될 수 없음을 깨닫습니다.

내 마음을 떠난 마음들. 그 마음들은 지금 어디서 항해를
하고 있을까, 그 그리운 섬들은. 마음을 떠난 마음 배들은.

3. 뱃길

고 선장이 고에 매어 띄워둔 큰 배 쪽으로 배를 몹니다.
나는 앞벼리줄을 사려 들고 큰 배로 뛰어오를 준비를 합니
다. 큰 배에 작은 배를 달아 묶습니다. 내가 묶은 줄 매듭이
시원찮았던지 고 선장이 다시 묶습니다. 작은 배에 실려 있
던 새우그물을 고 선장과 둘이 마주서서 사린 다음 큰 배에
실어놓고 작은 배만 끌고 다시 출발합니다. 큰 배를 떠나는
작은 배가 어미 떠나는 새끼처럼 보입니다. 배들은 신발을
닮은 것 같고 물고기를 닮은 것도 같습니다. 크기는 달라도
배들 모양이 엇비슷해 어미와 새끼로 보였는지도 모릅니
다.

작은 배들의 엔진은 고물(배의 뒷부분)에 붙어 있습니다. 이
물(배의 앞부분)을 가볍게 해 파도를 잘 헤쳐 나가기 위해서입
니다. 배 방향을 조절하는 키도 추진력을 만드는 물 회전 날
개도 고물에 붙어 있고 선장도 고물에서 배를 몹니다. 뒤에
서 배를 몰아야 배 전체를 살펴볼 수 있기 때문이기도 합니
다. 배는 앞에서 끌고 가는 힘이 아닌 뒤에서 밀고 가는 힘
으로 움직입니다.

고 선장이 배 속도를 늦추고 담뱃불을 달립니다. 물빛에

그을려 구릿빛으로 탄 얼굴. 영락없는 뱃사람입니다. 나는 고 선장에게 참 많은 것을 물어보았고 참 많은 것을 배웠습니다.

"고기 많이 잡혔을 것 같시꺄?"

"바다나 알지 누가 알겠쓰꺄."

속도를 늦춰 엔진소리가 작아진 사이 고 선장에게 말을 건네 보았는데 짧게 대답하고 다시 속도를 올립니다. 배 뒤편에서 바닷물이 물보라를 일으키며 갈라집니다. 배는 추진날개를 회전시켜 물을 가르고 갈라진 물이 빨리 합쳐지려는 힘의 반동을 이용해 달려 나아갑니다. 뱃길은 아무리 다녀도 다져지지 않습니다. 굳은살 하나 없는 말랑말랑한 생살로 된 길입니다. 먼지가 나지 않는 길입니다. 물고기를 잡으려고 물고기가 다니는 길을 쫓아다니는 길이니 물고기가 만들어준 길이기도 합니다.

뱃길에도 이정표가 있습니다. 섬에 솟아 있는 산은 중요 이정표가 되고 더 자세한 이정표는 그물을 쳐놓았다고 표시하고 있는 부표들입니다. 이런 이정표들도 안개나 눈보라를 만나면 다 소용없어집니다. '안개가 선장 눈알 빼간다'는 말을 무시하고 주꾸미를 잡으러 간 적 있습니다. 갑자기 안개가 짙어지며 섬에 솟은 산을 지우고 부표들을 지우는 거였습니다. 길을 잃고 헤매다가 선장이 배가 출항한 포구 방향이 어느 쪽이냐고 물었습니다. 배에 타고 있는 네 사람이 손가락으로 가리킨 포구 방향이 다 달랐습니다. 그때부터는 완전히 길을 잃었습니다. 지척과 갑판만 보이는 안개 속에 갇혀 버렸습니다. 온통 보이지 않는 것 속에 갇혀 버린 보인다는 세계는 곧 섬이었고 그 섬에 갇혀 버렸던 것입니다. 두려움 속에서 한 생각이 떠올랐습니다. 배 언저리만 보이는 안개에 갇혀 있는 상황과 내가 살고 있는 삶이 무엇이 다른가. 내 삶을 좀 먼 시간 밖에서 바라다보면 결국 안개에 갇혀 있는 것과 같지 않을까. 현재란 시간의 섬이다. 세월이 가는 길 시간은 현재의 뭍이다.

배가 최영 장군과 이성계가 같이(그때 후일을 누가 알았을까?) 섬 방향으로 화살 쏘는 연습을 해 이름 붙여졌다는 시도(矢島)를 지나 그물터에 다다릅니다. 고 선장이 시동을 끄고 닻을 던져 물 위와 물 아래를 엮어 놓습니다.

4. 그물터

바람이 치불어 물 빠지는 속도가 늦습니다. 두 시간은 더 기다려야 그물이 날 것 같습니다. 고 선장은 쇠 파이프로 만든 그물거리에 건 그물을 손질하고 나는 정치망에 걸려 그물에 부딪히며 뛰어오르는 숭어를 구경합니다. 정약전은 자산어보에 숭어는 의심이 많고 화를 피하는데 민첩해 맑은 물에서 낚시를 한 번도 문 적이 없고 그물에 걸려도 흙탕물에 엎드려 몸을 흙에 묻고 단지 한눈으로 동정을 살핀다고 했습니다. 그런 숭어가 세월을 뛰어넘어 내 눈앞 정치망에 걸려 뛰어오르고 있습니다.

"거 지겹지 않으시꺄?"

"그래도 다 손본 다음 그물이 바람에 차르르륵 날리면 마음이 다 개운해지이다."

얽힌 그물코는 풀고 그물에 딸려 나온 소라껍데기나 나무말뚝 껍질을 떼어내던 고 선장이 씨익 웃습니다.

지난해 가을 새우잡이배를 타고 나간 둘쨋날 밤이었습니다. 그물을 건져 보았으나 매번 쓸데없는 우산만한 해파리와 멸치 떼만 쳐들고 허탕이었습니다. 그물을 걷고 주꾸미 몇 마리를 놓고 선장과 술을 마셨습니다.

"큰일났시다. 그래도 목돈이 되는 건 젓새우잡인데 올 농사도 흉년이니…"

저것 때문이라며 선장은 가로등 불빛에 어둠이 묽어진 영종도공항 쪽 하늘을 가리켰습니다. 공항을 만들고 나서부터 물 힘이 약해져 숭어도 새우도 잘 잡히지 않는다고 술잔을 들던 선장은 새우잠이 들고 나는 뱃전으로 나가 달빛을 감상했습니다. 수면에 누운 달빛이 출렁거리는 소리. 달빛이 우는 소리를 오랫동안 들었습니다. 물결 위에서, 물을 끌어당겼다가 놓았다가 반복하는 달의 힘 위에 올라앉아, 달의 힘을 느끼며, 달빛을 타며……, 내륙의 한복판 중원 땅에서 태어나 바다 한가운데까지 오게 된 내 지나온 길들을 낚싯줄처럼 풀어도 보고 그물처럼 엮어도 보았습니다. 내가 살고 있는 현재는 내 유년의 그림자 같았습니다. 유년의 삶이 지금 내 삶을 그려주는 커다란 모체라는 깨달음을, 도회지에서 만나는 딱딱한 불의 글씨가 아닌 말랑말랑한 물의 글씨로 달빛이 가슴에 출렁출렁 적어 주었습니다.

감 시간까지 기다려도 물이 다 나지 않아 물 속에 들어가 그물을 털었습니다. 숭어와 농어가 기대보다 못합니다. 광어 한 마리, 서대 한 마리, 병어 세 마리. 그래도 넓적한 것들이 들어 다행입니다. 고 선장은 다음 사리부터 병어가 들 것 같다고 말하며 고기가 적게 든 서운함을 애써 감춥니다.

5. 귀항

장봉도와 모도 사이로 빠져나가던 물이 돌아섭니다. 닻을 올리고 뱃머리를 돌립니다. 뱃자국 하나 나 있지 않은 뱃길을 되돌아갑니다. 바닷물을 굴리고 있던 작은 바퀴 물고기 눈동자 사십여 개 잡아 배에 싣고 돌아갑니다. 뱃길로도 풀어 낼 수 없는 그리움이 있기에 섬으로 되돌아갑니다. 섬은 외로워서 지상에서 가장 낮은 울타리, 물울타리를 치고 제가 품고 있는 그리운 마음 상할까 사방에 소금물을 둘렀습니다. 우주에 떠 있는 지구라는 섬에서 움직이고 있는 나라는 개체는 얼마나 작은 섬인가. 그리움에 가득 찬 존재인가. 영종도 공항 쪽에서 날아오른 물고기 닮은 비행기를 쳐다봅니다.

배 속도를 늦추고 고 선장이 전화를 받습니다.

"알았시다. 그럼 숭어 회 4킬로 떠 놓겠시다."

함민복 시인

1962년 충북 중원군 노은면 출생.
1988년 《세계의 문학》에 시 「성선설」 등을 발표하며 등단.
서울예술대학 문예창작과 졸업.
시집으로 『우울 씨의 일일』 『자본주의의 약속』 『모든 경계에는 꽃이 핀다』
『말랑말랑한 힘』 『눈물을 자르는 눈꺼풀처럼』
동시집 『바닷물, 에고 짜다』 『노래는 최선을 다해 곡선이다』가 있고
산문집 『눈물은 왜 짠가』 『미안한 마음』 『길들은 다 일가친척이다』 등이 있다.
오늘의 젊은 예술가상, 김수영문학상,
박용래문학상, 애지문학상, 윤동주문학대상을 수상하였다.

말랑말랑한 힘
함민복 시집

초판　1쇄 발행일　2005년　1월 27일
10쇄 발행일　2020년 10월 23일
개정판　1쇄 발행일　2022년 5월 26일
3쇄 발행일　2023년 11월 22일

지은이　함민복
펴낸이　김종해
펴낸곳　문학세계사

주소　서울시 마포구 신수로 59-1(04087)
대표전화 02-702-1800 | 팩스 02-702-0084
이메일 munse_books@naver.com
홈페이지 www.msp21.co.kr(문학세계사)
출판등록 제21-108호.(1979. 5. 16)

값 10,000원
ISBN 978-89-7075-540-3　03810